Andromaque (Fiche de lecture)

I. INTRODUCTION

L'auteur

Jean Racine est né en 1639 et mort en 1699, c'est un poète tragique considéré, à l'égal de son aîné Pierre Corneille, comme l'un des deux plus grands dramaturges classiques français. Orphelin très jeune, il est recueilli par les religieuses de Port-Royal.

Il a reçu une solide éducation janséniste. Il devient l'ami de fils de grandes familles du royaume, relations qui lui seront fort utiles dans sa carrière. Il se lie notamment d'amitié avec La Fontaine et Boileau.

Après avoir tenté de concilier ses aspirations littéraires avec la carrière ecclésiastique, il se consacre tout entier au théâtre. Il fait jouer « La Thébaïde » en 1664, puis « Alexandre » en 1665, mais c'est le succès de la tragédie d' « Andromaque » en 1667 qui assure sa réputation. L'année de la mort de Molière, en 1673, l'Académie Française lui ouvre ses portes. Il est anobli en 1674 et se voit attribuer la charge lucrative de trésorier de France.

Nommé Historiographe du Roi, il renonce alors au théâtre, n'écrivant plus que quelques livrets d'opéra pour le Roi. Mais il est l'auteur dramatique le plus joué et admiré, et ses œuvres complètes paraissent dès 1687.

Mais les encouragements de Mme de Maintenon le ramènent à l'art dramatique avec les tragédies bibliques d'Esther en 1689 et d'Athalie en 1691. Réalisant l'idéal de la tragédie classique, il présente une action simple, claire dont les péripéties naissent de la passion même des personnages.

L'œuvre

« Andromaque » est une tragédie en cinq actes et en vers écrite en 1667 et représentée pour la première fois au château du Louvre le 17 novembre

Andromaque

FichesdeLecture.com

1667 devant la reine par la troupe de l'Hôtel de Bourgogne. Le rôle-titre était tenu par Mademoiselle Du Parc. La cour pleura, émue par le lyrisme nouveau de cette tragédie.

La pièce connaît un grand succès auprès de la cour, mais est critiquée par ses rivaux. Elle reste l'une des pièces les plus jouées à la Comédie-Française. L'action se situe après la légendaire guerre de Troie, remportée par les Grecs.

II. RÉSUMÉ DE LA PIÈCE

Acte I

Nous sommes à la cour de Pyrrhus, fils d'Achille et roi d'Épire. Oreste, fils d'Agamemnon, vient d'arriver, en tant qu'ambassadeur, il réclame qu'on lui émette Astyanax, pour l'empêcher de reprendre un jour les hostilités. En effet, Andromaque, veuve d'Hector, qui avait commandé les Troyens, est avec son fils, Astyanax, retenue captive de guerre, à la cour de Pyrrhus.

Oreste est amoureux d'Hermione et souhaiterait repartir avec elle. Cette dernière, fille de Ménélas, roi de Sparte (dont la femme, Hélène, avait été enlevée et emmenée à Troie) a été fiancée à Pyrrhus, pour le remercier d'avoir combattu les Troyens. On apprend alors que Pyrrhus est lui épris d'Andromaque.

Pyrrhus refuse de livrer Astyanax aux Grecs mais avoue à son confident Phœnix qu'il ne s'opposerait pas au départ conjoint d'Hermione et d'Oreste. Il annonce ensuite à Andromaque qu'il a refusé de livrer Astyanax, mais qu'en échange, elle doit l'épouser. Andromaque, fidèle à son mari et refusant d'épouser le fils du meurtrier de celui-ci, ne répond pas aux espoirs de Pyrrhus. Il la menace alors de changer d'avis et de livrer son fils si elle n'accepte pas le mariage.

Acte II

Hermione et Oreste, se revoient, elle se sent humiliée du fait que Pyrrhus ne tienne pas les engagements qu'il avait pris à son égard. Oreste fait une déclaration d'amour à Hermione, cette dernière, en colère contre Pyrrhus, le charge de lui dire qu'il doit absolument choisir entre elle, la Grecque, et Andromaque, la Troyenne.

Alors qu'Oreste cherche à se persuader que la situation tournera en sa faveur, Pyrrhus annonce qu'il se mariera avec Hermione. Andromaque reste inébranlablement fidèle au souvenir d'Hector.

Acte III

Furieux et désemparé, Oreste projette de se faire aider par Pylade pour enlever Hermione, mais, apercevant que celle-ci se réjouit de son mariage prochain, il se ravise. Andromaque implore Hermione de sauver Astyanax, cette dernière lui conseille ironiquement de s'adresser elle-même à Pyrrhus.

Andromaque supplie ce dernier de protéger Astyanax. Pyrrhus lui refait la même proposition : celle de sauver le fils si la mère accepte le mariage. Elle décide d'aller sur le tombeau d'Hector pour être conseillée.

Acte IV

Andromaque est résolue à épouser Pyrrhus, mais elle dit à sa confidente, Céphise, qu'une fois que le roi aura solennellement promis de protéger Astyanax, avant la fin de la cérémonie, elle se donnera la mort.

Hermione demande à Oreste de lui prouver son amour en assassinant Pyrrhus, après avoir hésité, il accepte. Avant son mariage avec Andromaque, Pyrrhus déclare à Hermione qu'il ne l'a jamais aimée. Elle lui crie sa propre passion et le menace, ce qui effraie Phœnix.

Acte V

Hermione ne sait plus si elle veut vraiment la mort de Pyrrhus ou non. Oreste vient lui annoncer qu'il a fait assassiner Pyrrhus, mais il n'obtient pas sa main en récompense, Hermione l'injure. Il est désemparé puis, il apprend qu'Hermione s'est poignardée sur le corps de Pyrrhus. Il est pris d'un accès de folie.

Andromaque veut tout de même venger l'homme qui lui a permis d'accéder au trône. En conséquence, Pylade, Oreste et les Grecs fuient l'Épire.

III. ÉTUDE DES PERSONNAGES

Pyrrhus

C'est le roi d'Épire et le fils d'Achille. Il a combattu les Troyens et a obtenu, comme esclave, Andromaque, dont il est tombé amoureux, alors qu'il avait promis le mariage à Hermione de Sparte.

Son attitude est loin d'être celle d'un « honnête homme », puisqu'il ne tient pas sa parole. Il n'hésite pas à exercer le calcul, la manipulation et le chantage pour arriver à ses fins. Astyanax devient son otage : le dilemme auquel, par la volonté de Pyrrhus, doit faire face Andromaque est d'épouser celuici si elle veut que son fils soit sauvé ou de ne pas accepter ce mariage, avec pour conséquence la perte tragique de son fils. Lorsque celle-ci lui rappelle la cruauté dont il fit preuve à la guerre de Troie, il a la sincérité de ne pas le nier, tout en faisant valoir qu'Andromaque se trouve bien traitée à la cour d'Épire et qu'il n'hésiterait pas dorénavant à combattre les Grecs au profit d'un renouveau troyen.

En réalité, Pyrrhus est un être, hésitant, irrésolu, puisque, après avoir été déçu par Andromaque, il décide à nouveau de proposer le mariage à Hermione, avant de se rapprocher d'Andromaque. Sa fin est tragique, puisqu'il meurt assassiné.

Oreste

C'est le fils d'Agamemnon, qui est roi d'Argos et de Mycènes. Il est amoureux depuis longtemps d'Hermione, la fiancée de Pyrrhus. C'est pour cette raison qu'il se rend à la cour d'Épire en tant qu'ambassadeur chargé de réclamer le fils d'Hector et d'Andromaque.

Il est prêt à tout pour conquérir Hermione. Il espère secrètement repartir avec elle. Il pense pouvoir atteindre son but lorsqu'il apprend que Pyrrhus est épris d'Andromaque. Mais suite au revirement de ce dernier, Oreste perd ses derniers espoirs et est désemparé.

Dans les derniers actes, il se laisse emporter aux extrémités que sont le meurtre et la folie. À la demande d'Hermione, il fait assassiner son rival. Puis, lorsqu'il apprend qu'Hermione s'est elle-même donné la mort, il réalise qu'il a tout sacrifié pour elle et qu'il a été, contre sa conscience, jusqu'à assassiner ou faire assassiner Pyrrhus. Il ne comprend plus ce qui lui arrive, perd la raison et tombe dans la démence.

Hermione

C'est la fille du roi de Sparte, Ménélas et d'Hélène. Elle a repoussé l'amour d'Oreste, mais voue un amour passionné à Pyrrhus, à qui elle a été promise. Elle s'aperçoit que son fiancé est tombé amoureux d'Andromaque, sa captive troyenne.

La constance de sa passion amoureuse fait d'elle une personne profondément loyale vis-à-vis de l'être aimé et vis-à-vis d'elle-même, mais elle sait se révéler froide, dure et calculatrice, pour tenter de parvenir à ses buts. C'est elle qui a imaginé le stratagème consistant à avertir les Grecs du lieu où se trouvent Andromaque et Astyanax, et à encourager l'envoi d'une ambassade destinée à reprendre celui-ci.

Puis elle se montre impitoyable envers Andromaque qui lui demande d'intervenir auprès de lui en faveur d'Astyanax. À l'annonce du mariage de Pyrrhus avec Andromaque, Hermione, folle de rage, laisse sa passion d'amour, amplifiée par la jalousie, se retourner en explosion de haine et en désir de vengeance, le tout dans une sorte de délire : elle exige d'Oreste qu'il assassine Pyrrhus et, sans sincérité, lui fait croire que c'est là une condition pour qu'elle puisse tester son amour.

Lorsqu'Oreste lui annonce la mort de Pyrrhus a été assassinée, elle l'injure puis finit par se suicider sur le corps de Pyrrhus.

Andromaque

C'est la veuve d'Hector, qui était à la tête des Troyens. Achille a tué son mari. Depuis la défaite de Troie, elle est prisonnière, avec son fils, Astyanax, du roi d'Épire, Pyrrhus, qui tombe amoureux d'elle.

Elle incarne la figure centrale de la tragédie, mais n'y apparaît directement que dans un nombre restreint de scènes. Andromaque reste fidèle à son mari défunt et refuse la proposition de Pyrrhus. Elle est très attachée à son fils Astyanax, dans la mesure où il est le souvenir vivant d'Hector. La proposition de Pyrrhus, la met face à un dilemme, être une bonne mère et sauver Astyanax en épousant le fils du meurtrier de son mari, ou trahir son défunt époux.

Remarquons qu'alors qu'Andromaque projetait pour elle une fin tragique, elle sera finalement la seule à être sauvée, tandis que les trois autres personnages principaux connaîtront effectivement une fin tragique (assassinat, suicide, démence).

IV. AXES DE LECTURE

Une tragédie

Le respect de la règle des trois unités

La tragédie classique respecte la règle des trois unités : de lieu, de temps, et d'action. Mais aussi celle de la bienséance, c'est-à-dire, pas de combats ou de sang sur scène, pas de rapprochements intimes. Enfin, les personnages sont d'origine noble, des rois et des reines.

Dans « Andromaque », l'intrigue se déroule dans un seul et unique lieu, une salle du palais de Pyrrhus, à Buthrote, en Épire.

L'intrigue dure une journée, la tragédie commence avec l'arrivée d'Oreste dans le palais de Pyrrhus, sans doute au lever du jour, et s'achève avant la fin du jour, quand Pylade fait sortir Oreste du palais.

Enfin, l'unité d'action réside dans le fait que tout se développe autour d'une intrigue principale, dont la question est la suivante : Andromaque deviendra-t-elle l'épouse de Pyrrhus ?

La division des actes

La répartition des cinq actes correspond bien à la tragédie. Dans le premier acte sont présentés la situation et les personnages. Pyrrhus annonce à Andromaque qu'il a refusé de livrer Astyanax, mais qu'en échange, elle doit l'épouser. Andromaque, fidèle à son mari et refusant d'épouser le fils du meurtrier de celui-ci, ne répond pas aux espoirs de Pyrrhus. Il la menace alors de changer d'avis et de livrer son fils si elle n'accepte pas le mariage.

Au cours du second apparaît l'élément perturbateur, Pyrrhus annonce qu'il se mariera avec Hermione. Andromaque reste inébranlablement fidèle au souvenir d'Hector. Hermione et ravis tandis qu'Oreste est désemparé.

Dans le troisième acte, les protagonistes cherchent une solution au drame, Oreste projette de se faire aider par Pylade pour enlever Hermione, mais, apercevant que celle-ci se réjouit de son mariage prochain, il se ravise. Andromaque implore Hermione de sauver Astyanax, cette dernière lui conseille ironiquement de s'adresser elle-même à Pyrrhus.

Au cours du quatrième acte, l'action se noue définitivement, Andromaque est résolue à épouser Pyrrhus, mais elle projette de se donner la mort avant la fin de la cérémonie.

Hermione demande à Oreste de lui prouver son amour en assassinant Pyrrhus, après avoir hésité, il accepte.

Enfin au cinquième acte, l'action se dénoue, à l'annonce de la mort de Pyrrhus, Hermione injure Oreste puis se poignarde sur le corps de Pyrrhus. Oreste est pris d'un accès de folie.

Des héros tragiques

Le personnage d'Andromaque

Les héros sont bien tragiques, ce sont des personnages nobles à l'instar d'Andromaque, veuve d'Hector. Elle représente l'épouse et la mère fidèles. Elle incarne le modèle de la vertu familiale et domestique. En effet elle reste fidèle à son défunt mari et à une cause apparemment perdue avec lesquelles elle ne saurait transiger.

La proposition de Pyrrhus, la met face à un dilemme, être une bonne mère et sauver Astyanax en épousant le fils du meurtrier de son mari, ou trahir son défunt époux. Ne pouvant concilier l'inconciliable, elle se rend sur la tombe d'Hector. Puis, elle feint de céder aux volontés de son maître pour pouvoir sauver le fils d'Hector en épousant le roi d'Épire. Cependant, elle projette de se tuer une fois son fils sauvé afin de demeurer fidèle à ses souvenirs.

Le héros tragique classique est « marqué par un destin acharné à le perdre, trouve dans le bien comme dans le mal, dans la victoire comme dans la défaite, une énergie hautaine pour préserver son sens de l'honneur ». On retrouve ces caractéristiques chez Andromaque. Figure isolée, elle stoïque, capable de prendre ses distances avec ses émotions et ses sentiments et de se sacrifier elle-même pour l'honneur et la gloire de son défunt mari. Au dernier acte, elle s'est résignée à mourir, pour sauver son fils.

Finalement, Pyrrhus meurt pour avoir trahi la loi des Grecs, Andromaque triomphe, alors que la cause troyenne était désespérée, la mère d'Astyanax parvient à régner sur les vainqueurs d'hier. Pour certains, le triomphe d'Andromaque, c'est le triomphe de la « foi ».

Remarquons qu'alors qu'Andromaque projetait pour elle une fin tragique, elle sera finalement la seule à être sauvée.

Le personnage d'Oreste

Enfin, Oreste devient fou et Andromaque triomphe. Il a perdu sur tous les tableaux, en tant que héros tragique, il s'en prend aux dieux dans la dernière scène de l'acte V. Il se considère comme le jouet des dieux. Victime de sa passion pour Hermione, il est prêt à tout pour la conquérir.

Dans les derniers actes, il se laisse emporter aux extrémités que sont le meurtre et la folie. À la demande d'Hermione, il fait assassiner son rival. Puis, lorsqu'il apprend qu'Hermione s'est elle-même donné la mort, il réalise qu'il a tout sacrifié pour elle et qu'il a été, contre sa conscience, jusqu'à assassiner ou faire assassiner Pyrrhus. Il ne comprend plus ce qui lui arrive, perd la raison et tombe dans la démence.

Il s'est fait l'artisan de sa perte. Rappelons ici qu'Oreste fait partie de la famille maudite des Atrides.

Le respect des règles de bienséance de l'époque

Au XVIIe siècle, les règles de bienséances sont très respectées et le théâtre tente de corriger les vices de l'homme. Cette pièce de Racine a ainsi objectif la purgation des passions appelée catharsis. L'auteur démontre que la passion amoureuse dans le cas d'Hermione ou d'Oreste peut finir par des gestes irréparables tels que le suicide.

En s'inspirant de mythe antique, Racine a atténué la cruauté des agissements. En effet pour respecter la bienséance, Andromaque n'est que la veuve d'Hector et la mère d'Astyanax. Tandis que dans la version d'Euripide, elle a un fils de Pyrrhus.

L'Andromaque de Racine ressemble au personnage d'une princesse du XVIIe siècle, prisonnière dans un château. Il l'a doté d'un comportement précieux. Elle apparaît comme une prisonnière, victime des malheurs de la guerre, une « Captive, toujours triste, importune à moi-même » (vers 301).

Figure isolée, elle est stoïque, capable de prendre ses distances avec ses émotions et ses sentiments et de se sacrifier elle-même pour l'honneur et la gloire de son défunt mari. Au dernier acte elle s'est résignée à mourir, pour sauver son fils.

Finalement, Pyrrhus meurt pour avoir trahi la loi des Grecs, Andromaque triomphe, alors que la cause troyenne était désespérée, la mère d'Astyanax parvient à régner sur les vainqueurs d'hier. Pour certains, le triomphe d'Andromaque, c'est le triomphe de la « foi ».

Dans la même collection en numérique

Les Misérables
Le messager d'Athènes
Candide
L'Etranger
Rhinocéros
Antigone
Le père Goriot
La Peste
Balzac et la petite tailleuse chinoise
Le Roi Arthur
L'Avare
Pierre et Jean
L'Homme qui a séduit le soleil
Alcools
L'Affaire Caïus
La gloire de mon père
L'Ordinatueur
Le médecin malgré lui
La rivière à l'envers - Tomek
Le Journal d'Anne Frank
Le monde perdu
Le royaume de Kensuké
Un Sac De Billes
Baby-sitter blues
Le fantôme de maître Guillemin
Trois contes
Kamo, l'agence Babel
Le Garçon en pyjama rayé
Les Contemplations

Escadrille 80
Inconnu à cette adresse
La controverse de Valladolid
Les Vilains petits canards
Une partie de campagne
Cahier d'un retour au pays natal
Dora Bruder
L'Enfant et la rivière
Moderato Cantabile
Alice au pays des merveilles
Le faucon déniché
Une vie
Chronique des Indiens Guayaki
Je voudrais que quelqu'un m'attende quelque part
La nuit de Valognes
Œdipe
Disparition Programmée
Education européenne
L'auberge rouge
L'Illiade
Le voyage de Monsieur Perrichon
Lucrèce Borgia
Paul et Virginie
Ursule Mirouët
Discours sur les fondements de l'inégalité
L'adversaire
La petite Fadette
La prochaine fois
Le blé en herbe
Le Mystère de la Chambre Jaune
Les Hauts des Hurlevent
Les perses
Mondo et autres histoires
Vingt mille lieues sous les mers
99 francs
Arria Marcella
Chante Luna

Emile, ou de l'éducation
Histoires extraordinaires
L'homme invisible
La bibliothécaire
La cicatrice
La croix des pauvres
La fille du capitaine
Le Crime de l'Orient-Express
Le Faucon malté
Le hussard sur le toit
Le Livre dont vous êtes la victime
Les cinq écus de Bretagne
No pasarán, le jeu
Quand j'avais cinq ans je m'ai tué
Si tu veux être mon amie
Tristan et Iseult
Une bouteille dans la mer de Gaza
Cent ans de solitude
Contes à l'envers
Contes et nouvelles en vers
Dalva
Jean de Florette
L'homme qui voulait être heureux
L'île mystérieuse
La Dame aux camélias
La petite sirène
La planète des singes
La Religieuse
1984 A l'Ouest rien de nouveau
Aliocha
Andromaque
Au bonheur des dames
Bel ami
Bérénice
Caligula
Cannibale
Carmen

Chronique d'une mort annoncée
Contes des frères Grimm
Cyrano de Bergerac
Des souris et des hommes
Deux ans de vacances
Dom Juan
Electre
En attendant Godot
Enfance
Eugénie Grandet
Fahrenheit 451
Fin de partie
Frankenstein
Gargantua
Germinal
Hamlet
Horace
Huis Clos
Jacques le fataliste
Jane Eyre
Knock
L'homme qui rit
La Bête humaine
La Cantatrice Chauve
La chartreuse de Parme
La cousine Bette
La Curée
La Farce de Maitre Pathelin
La ferme des animaux
La guerre de Troie n'aura pas lieu
La leçon
La Machine Infernale
La métamorphose
La mort du roi Tsongor
La nuit des temps
La nuit du renard
La Parure

La peau de chagrin
La Petite Fille de Monsieur Linh
La Photo qui tue
La Plage d'Ostende
La princesse de Clèves
La promesse de l'aube
La Vénus d'Ille
La vie devant soi
L'alchimiste
L'Amant
L'Ami retrouvé
L'appel de la forêt
L'assassin habite au 21
L'assommoir
L'attentat
L'attrape-coeurs
Le Bal
Le Barbier de Séville
Le Bourgeois Gentilhomme
Le Capitaine Fracasse
Le chat noir
Le chien des Baskerville
Le Cid
Le Colonel Chabert
Le Comte de Monte-Cristo
Le dernier jour d'un condamné
Le diable au corps
Le Grand Meaulnes
Le Grand Troupeau
Le Horla
Le jeu de l'amour et du hasard
Le Joueur d'échecs
Le Lion
Le liseur
Le malade imaginaire
Le Mariage de Figaro
Le meilleur des mondes

Le Monde comme il va
Le Parfum
Le Passeur
Le Petit Prince
Le pianiste
Le Prince
Le Roman de la momie
Le Roman de Renart
Le Rouge et le Noir
Le Soleil des Scortas
Le Tartuffe
Le vieux qui lisait des romans d'amour
L'Ecole des Femmes
L'Ecume Des Jours
Les Bonnes
Les Caprices de Marianne
Les cerfs-volants de Kaboul
Les contes de la Bécasse
Les dix petits nègres
Les femmes savantes
Les fourberies de Scapin
Les Justes
Les Lettres Persanes
Les liaisons dangereuses
Les Métamorphoses
Les Mouches
Les Trois mousquetaires
L'étrange cas du Dr Jekyll et de Mr Hyde
L'Ile Au Trésor
L'île des esclaves
L'illusion comique
L'Ingénu
L'Odyssée
L'Ombre du vent
Lorenzaccio
Madame Bovary
Manon Lescaut

Micromégas
Mon ami Frédéric
Mon bel oranger
Nana
Ne tirez pas sur l'oiseau moqueur
Notre-Dame de Paris
Oliver twist
On ne badine pas avec l'amour
Oscar et la dame rose
Pantagruel
Le Misanthrope
Perceval ou le conte du Graal
Phèdre
Ravage
Roméo et Juliette
Ruy Blas
Sa Majesté des Mouches
Si c'est un homme
Stupeur et tremblements
Supplément au voyage de Bougainville
Tanguy
Thérèse Desqueyroux
Thérèse Raquin
Ubu Roi
Un Barrage contre le Pacifique
Un long dimanche de fiançailles
Un secret
Vendredi ou la vie sauvage
Vipère au poing
Voyage au bout de la nuit
Voyage au centre de la terre
Yvain ou le Chevalier au lion
Zadig

À propos de la collection

La série FichesdeLecture.com offre des contenus éducatifs aux étudiants et aux professeurs tels que : des résumés, des analyses littéraires, des questionnaires et des commentaires sur la littérature moderne et classique. Nos documents sont prévus comme des compléments à la lecture des oeuvres originales et aide les étudiants à comprendre la littérature.

Fondé en 2001, notre site FichesdeLectures.com s'est développé très rapidement et propose désormais plus de 2500 documents directement téléchargeables en ligne, devenant ainsi le premier site d'analyses littéraires en ligne de langue française.

FichesdeLecture est partenaire du Ministère de l'Education du Luxembourg depuis 2009.

Plus d'informations sur www.fichesdelecture.com

www.fichesdelecture.com

ISBN: 978-2-511-02806-3

Notes :